雲と鉛筆

吉田篤弘 Yoshida Atsuhiro

JN178687

★——ちくまプリマー新書
300

目次 * Contents

イラスト＝著者

第一章

遠い街から帰ってきた夜

note

ぼくは、たったいま遠い街から帰ってきた。

何冊か本を買い、あまり甘くない菓子と、めずらしい文房具も買ってきた。

これからしばらくのあいだ、遠い街に出かけるのは控え、これまで考えてきたことのつづきを考えてみたい。それで何か思いつくことがあったら、いつものこの青いノートに書いてみよう。

ただ、この屋根裏部屋で過ごした時間については、この青いノートに記されたことだけが残される。部屋の中の刻一刻と変化していく湿度や匂いや窓の外から聞こえてくる音といったものは、ほとんど記されない。当然、言葉になることなく去来した思いもやはり残らない。

残されたものは、いつでもほんのひと握りで、本当は、残らなかったものの方に、自分が書きたかったことがあるように思う。


この屋根裏部屋でめぼしいものと云《い》えば、小さな本棚がひとつあるだけだ。あとは、古びた寝台と、いつだったか遠い街で買った子供用の机と椅子がひと組みある。もうひとつ、父が遺《のこ》したずいぶんと大きな旅行鞄《かばん》があるが、ぼくは、ほとんど旅に出ないので、その大きな鞄に子供机の上で書いたものをしまい込んである。

これが、ぼくという者のいまのところのすべてで、これ以外のものは自分の体の中にしまってある。それらを取り出して確認するためには、やはり、こうして書いていくしかない。

ひとつの小さな部屋の中に本棚と寝台があることが望ましい。本を読んでいると、どうにも気持ちが良くなって、眠気にさそわれてしまう。それも、読み始めてすぐに眠くなってくる。仮にそれが百ページほどの短い文章を収めた本であっても、その本を読んでいるあいだに、何度も眠たくなる。

だから、少し苦い茶の葉を煎じて飲む。そのためには、薬缶《やかん》をぶらさげて部屋を出て、外の石階段を百八十段もおりて、薄暗い炊事場まで水を汲《く》みにいかなくてはならない。さらには、その汲んだ水で湯をわかさなくてはならないし、当然ながら、重たくて熱くなった危険な薬缶を、誤って落とさないよう、そして自分自身もまた階段をのぼりそこねて転ばないよう、ところどころ崩れ落ちた百八十段の石階段を慎重にのぼって、屋根裏部屋に戻って来なくてはならない。

ここはもともと人の住むところではなかった。ここは昔、小さな新聞を刷るための工場としてつくられ、その新聞には本当のことが書かれていたので、「もうやめなさい」と偉い人にしかられて刷ることをやめてしまったのだ。

すでに工場はあとかたもなく、その気配だけが、建物というより巌《いわお》のようなものになって聳《そび》えていた。ぼくの屋根裏部屋はそのいちばん上にある。

ぼくはしかし、この部屋で本を読んで暮らしているだけではなく、今日は日曜日で休みだったけれど、明日からはまた、鉛筆工場で働かなくてはならない。ぼくの

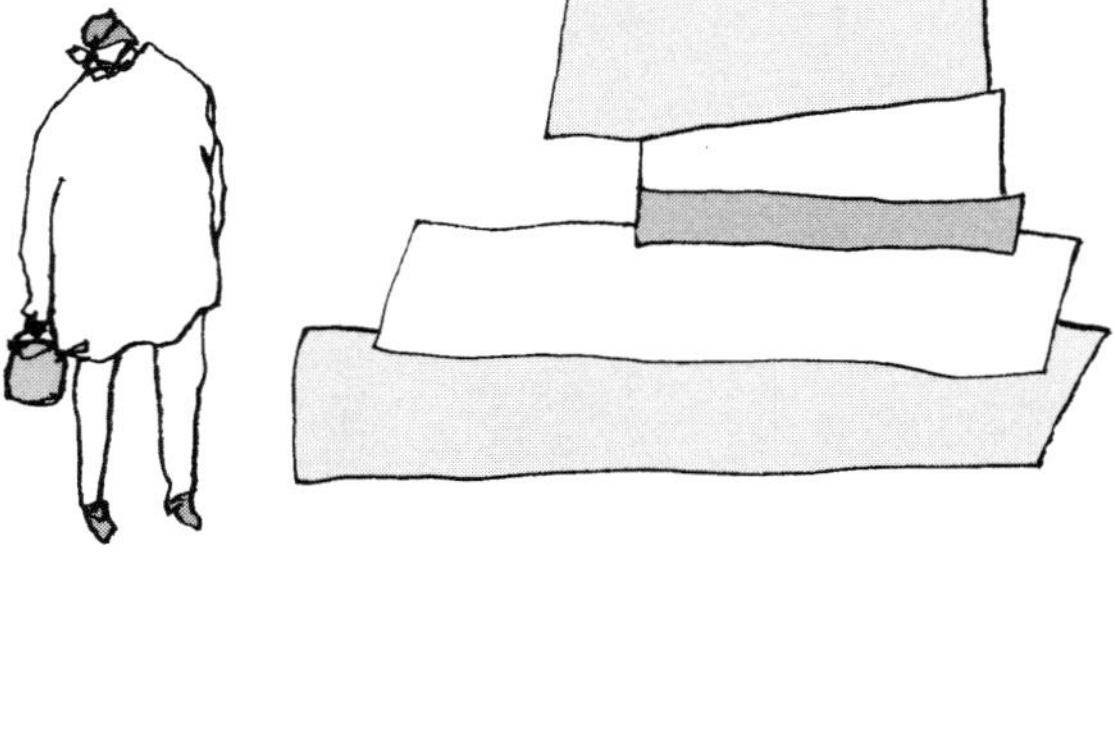

仕事は鉛筆をつくることなのだ。

でも、部屋に戻ってきたら本ばかり読んでいる。そして、本を読むことで自分の本を書いている。

読むことは書くことだと思う。読まなければ書くことは生まれてこない。

このことを上手《うま》く言葉に置き換えて伝えるのはとてもむずかしい。むずかしいけれど、頭の中にはいつもあって、いつか映画で観《み》た、時限爆弾を箱の中から取り出した男のように、どうにかして頭の中から取り出せないものかと思っている。

本棚に並んでいるのは小さな本ばかりだ。

「小さな」というのは、本の判型が小ぶりであるということで、分厚いものではなく、適当な薄さであること――つまりは、子供の手の中でちょうどよく読める本を意味している。

ぼくはそうした子供のために書かれた本を好んで読む。

ただし、それらは決して子供だけが読む本というわけではない。なにしろ、ぼくは充分に（おそらくは）大人であり、ぼくのような（おそらく）の付く大人が読むのにちょうどいい子供の本という意味である。

というか、すべての本は、子供たちのために書かれるべきだと思う。

子供のために書かれた本には、ときどき「本当のこと」が書いてある。

Aという本にもBという本にも「本当のこと」が書いてあり、それは結局のところ、同じひとつのもの――たったひとつのものである。

ぼくはたくさんの本を読み、そのおかげで、たくさんのことを考え、ときに徒労とも思える回り道をいくつも重ねて、「本当のこと」を探してきた。

＊

今日もまた遠い街へ行って、あたらしい本と古い本を何冊も買い込んできた。思うに、本を買うのは遠い街がいい。旅に出ないぼくは、今日のように馴染《なじ》みのない街に遠出すると、その街で交わされている言葉の交響楽的喧騒《けんそう》に囲まれて、誰も彼もが奇妙な言語を話しているように感じる。あたかも、読めない本の中に入り込んでしまったような気分になる。

それで、頭の中が（おそらく）丸洗いされて振り出しに戻され、子供のような新鮮な気持ちで本に向き合うことが可能になるのだと思う。

ぼくは買ってきた本を子供机の上でひらき、気に入ったページの言葉を三十ワット電球の下でノートに写しとった。たいていいつも、アクビが出て眠くなるまで書き写すことに夢中になる。

「時間」について書かれた本を読んだ。

著者はぼくよりも少しばかり若い。この人は以前、『ひからびた魂の標本』という本を書いた。それはとても大きな本で、終わりの来ない長い長い詩を読んでいるような大人向けの本だった。

でも、この「時間」について書かれた本――『遠い灯台のあかり』というタイトルである――は、一二八ページの小さな本である。特別な薄い紙に印刷されているので、ページをめくるときに、ページの裏に刷られた文字がさかさまに映る。そこにすでに「時間」があるように感じられる。思えば、ページをめくることは、そのまま「時間」をめくっていくことではないだろうか――。

いや、結論を急ぐのはやめよう。苦いお茶を飲んで、ひとやすみした方がいい。

窓の外はとても暗く、ここから街のあかりはそれなりに遠いので、遠い灯台のあかりのように見えなくもない。

「時間」というものについて考えると、どうしても絵画のことを考えてしまう。

このあいだ、今日行ったのとはまた別の遠い街へ出かけたとき、たまたま立ち寄った美術館に、そこからさらに遠い街から運ばれてきた、あまり知られていない画家の絵が展示されていた。

一見して、繊細かつ緻密な絵だった。長い時間をかけて描かれたものに違いない。ぼくが想《おも》うのは、その「長い時間」のことだった。画家が一枚の絵を描き始めて、ついに描き終えるまでの長い時間――。

絵画は映画と違って時間芸術ではない。でもそれは、いま目の前でその絵が動いていないというだけで、そうして完成に至るまでの時間は確実にあった。だから、完成までの過程における画家の筆づかいを、完成した画面からさかのぼるようにして読み取っていく。あるいは、被写体との距離の取り方や、なにより被写体そのものの時間経過による変化といったものを想像する。

そうしてみると、どんな絵にも時間はあり、画布には絵の具と一緒に時間も塗り込められているのだと、いつからかそう思うようになった。

いったんそれが習慣になってしまうと、絵画に画家の痕跡を読み取るのは、さして難しいことではなくなった。

画家が「描く」ことに時間を割かなければ、その絵はそこに存在していない。ということは、絵画を前にしてさかのぼっていく時間の正体は、基本的に画家の筆づかいと思いをなぞったものである。いや、画家がその絵を描いていた時間のすべてがそこに関わってくる――。

では、描かれた方の、たとえば水差しや林檎《りんご》といった静物に流れた時間はどうなるのだろう?

林檎はおそらく、わかりやすい変化を見せて、時間とともに腐敗していったはずだ。ガラス製の水差しには目に見えた変化がなかったかもしれないが、すべての物質は——たとえ硬質なガラスであっても——時間が経《た》つにつれて、何らかの劣化を免れない。つまり、そこに描かれたすべてのものに時間は流れていた。
そう考えると、一枚の絵の中には画家の痕跡や軌跡だけではなく、さまざまなベクトルをもったいくつもの時間が流れていることにならないだろうか。

絵を観ていると、いつのまにか、時間を空間のようにとらえたり、あるいはそのさかさまで、空間を時間のように考えていたりする。そのふたつを別々のものとして腑《ふ》分《わ》けしたのは大昔の賢い人たちだったが、もともとは、分かち難いひとつのものだった。
まだ時間という概念も空間という概念もなかったとき、それはそこに、ひとつのものとして留まりながら流れていた。動かないけれど動いていた。その不思議を、太古の人々は頭だけではなく体全体でとらえていた。しかし、われわれはもう、その感覚を取り戻せない。

でも、絵を観ているときだけ、ふと、そちらの方へ引き戻されるような一瞬がよぎる。

すべては流れていく、と太古の人は知っていた。時間だけではなく、空間もまた流れていくのだと。

永遠に留《とど》まるものなど、この世にはない。

仮にあったとしても、自らがこの世の時空から流されていなくなってしまうのだから、誰にもそれを確かめられない。

そうした無常感に抗《あらが》うかのように、人はある日、絵を描くことを思いついた。流れゆくものを絵に描いて残そうと思いついた。

皮肉なことに、「世は無常」という切ない思いこそが、いつでもあたらしい知恵を育む。絵に描いて残すだけでは飽き足らず、やがて、われわれは言葉を発明して、文字をこしらえ始めた。

空や雲や林檎といった目の前にあるものだけではなく、いつのまにかなくなっていくものには自分の「思い」も含まれている。万物は流転する。流転してしまうのである。当然ながら自分の思いも万物のひとつに勘定され、自分という観察者もまた流転していくのだと気がついた。最初に気づいた人は大変驚いただろう。こんなに大切な「思い」が消えてなくなってしまうなんて――。

そこで、こう考えた。

この「思い」はいつか消えてなくなるけれど、自分と同じようなことを考える人間が、自分が消えてなくなったあとにも、必ずあらわれる。

おそらく、自分もまた過去において同じようなことを考えた誰かの思いを継承しているだけなのだ。

すべては自分が思いついたことではない——。

血のつながりや、生まれ育った環境に関わらず、しいて云えば、人間という生きものが地球という惑星で生きのびていくことで備わった本能を引き継いでいる。

それで人は、消えていく「思い」を次の誰かに託すために、「思い」を絵に置き換えた。文字を発明した。言葉をつくった。そして、言葉が自分より長く風雪に耐えるよう、石や紙に刻むことを思いついた。

人は言葉を手で書いた。「思い」は自分の体の中にあり、それが口という穴から音をともなって出てくる。が、石や紙に刻むときは、指先からそれが放出されて石や紙に浸透すると信じた。なぜなら、指先は体の中のどの部位よりも世界を読みとることに長けていたからである。その証拠に、人の手にはすでに文字のようなものが無数に刻まれていて、とりわけ指先には、混沌《こんとん》としたものが出口を探しあぐねた痕跡のように渦を巻いた文様が刻まれていた。

だから、人の「思い」は手で書かなければ意味がない。

それで、ぼくは鉛筆工場で働くことを選んだ。
いや、本当のことを云うと、こうした考えの果てに、いまの仕事を選んだのではなく、これといった理由もなく、ただ、ぼくは鉛筆が好きなのである。

でも、どうして好きなのかとさらに考えていくと、人の指先から出てくる思いを、いちばん正確に書き残すことが出来るのが鉛筆ではないかと思ったのだ。

なぜ？　とそこでまたさらに考える。

いまのところ、ぼくは「鉛筆にはいろいろな種類があるから」としか答えられない。本当の答えは、きっと、その先にある。

ぼくの働いている鉛筆工場では自分の所属する部署があり、ぼくが担当しているのは〈2B部〉である。この部署では、2Bの鉛筆だけをつくっている――。

鉛筆は芯の硬さによって、6B、5B、4B、3B、2B、B、HB、F、H、2H、3H、4H、5H、6H、7H、8H、9Hの十七種類ある。この十七種類それぞれに部署が設けられ、ぼくが働いている軟らかい方の芯の部署は工場の南側にある。硬めの方の部署は北側にあり、ぼくは自分の担当している2Bの鉛筆を好ましく思っているが、同じ工場の中でも、北側の〈5H部〉や〈6H部〉の人たちを羨ましく思うときがある。

軟らかい部署の連中は、「なんとなく軟弱な感じがする」と批判されたことがあった。ぼくはそれを直接耳にしたわけではないけれど、そういう噂《うわさ》話を誰かが話していたと聞いたことがある。世に噂話が絶えたためしはない。でも、そうした流言の中に、ときおり、本当のことが隠されていると思うときもある。

つい最近のことだった。工場の〈大食堂〉で、ぼくは〈6H部〉の青年とたまたま隣り合わせた。彼は作業着の胸ポケットに「6H部マキノ」と記された名札を付け、「ぼくたちは何も云ってないよ」と、いきなりぼくの耳もとで囁《ささや》いた。

「あの噂を広めているのは、外部の人間じゃないかと思う――」

ぼくもそう考えていた。

帰りのバスで〈F部〉のチーフと一緒になったときもその話題になり、「踊らされてはいけませんよ」とチーフは控えめな口調でそう云った。ぼくはH系統の部署にも憧れを抱いていたが、いちばん素晴らしいのは〈F部〉の人たちだと、かねがねそう思っていた。

十七の部署は大まかにH系統とB系統に分かれ、その中心に〈HB部〉という人気の高いハイブリッドが君臨している。〈F部〉はそうした区分けとは別の次元に位置し、工場の中で特に優秀な人が担当していた。その立ち居振る舞いからちょっとした発言に至るまで、すべてにおいて独特な品位が保たれ、Fが意味するところは自由＝FreeのFであると云う人もいる。

「きっと、良からぬものが鉛筆の製造を阻んでいるのでしょう」

チーフがそう云っていた。なるほど、そうなのかもしれない。

なにしろ、鉛筆の売り上げが、H系統もB系統も著しく落ちていた。はたしてそれが「良からぬもの」の影響によるものかどうかは、まだわからないのだが――。


ぼくは工場から支給された「全十七種類すべてを収めた鉛筆箱」を引き出しから取り出し、十七本の鉛筆を子供机の上に並べて、端から小型ナイフできれいに削っていった。

絵を描くときの儀式である。

ぼくは、たまに気まぐれで絵を描いている。描くものはいつも決まっていて、屋根裏部屋からすぐそこに見えて、いついかなるときでも、そこにあるもの――。

空である。

とりわけ、夜の空を描くのが面白い。

スケッチブックは姉から誕生日に贈られたもので、姉は結婚をして、いまは遠く離れたところに住んでいる。

「子供のころは、よく絵を描いていたでしょう?」

姉にそう云われるまで忘れていた。いつからか本を読むことに夢中になり、絵を描く喜びというものをすっかり忘れていた。

ついでに、もうひとつ忘れていたことがあり、それは夜の空にも雲があるという事実である。至って当たり前のことなのだが、この部屋で暮らし始めるまで、夜の空を眺める習慣がなかった。

この屋根裏部屋にいると、窓の外にはほとんど空しか見えない。昼も夜も空には雲が流れている。浮遊している。もしくは、大人しくじっとしている。

時間のある日曜日であれば、昼間の空ももちろん描くが、空を描きたくなるのはどちらかと云うと夜である。

十七本の鉛筆を削ってスケッチブックをひらき、いちばん硬い9Hから始めて、少しずつ軟らかい鉛筆に移行していく。雲は昼であっても夜であっても、そこに無限と云いたくなるあわいがある。

ぼくの技術が追いつかないせいもあるが、十七本の鉛筆を駆使しても、雲が織りなす微妙なあわいを再現するのは難しい。

風の強い日の雲は刻一刻と、ほとんど秒単位でその姿を変えてゆく。

まさに流転していた。流動していた。

だから、一枚の絵を描き始めてから描き終えるまでのあいだに、雲が織りなす空の模様は、まったく別の様相に変わり果てる。

でも、たとえば一時間をかけて、刻々と変わりゆく雲を描きとめていくと、そこにあらわれるのは、一時間のあいだに窓の向こうを通り過ぎていったすべての雲の重なりである。つまり、絵に残されたものは現実の風景としては存在せず、たまたま、ぼくが鉛筆を走らせていた一時間の様子を、薄紙を何枚も重ねるようにして描きとめた紙の上だけの出来事なのである。

*

今日、遠い街まで出かけたのは、いくつかの書店に並んでいる新しい本と古い本を物色したかったからだ。いま居る屋根裏部屋の窓から、その街の方角に立派な時計塔がかろうじて見える。大家さんに望遠鏡を借り、空気が澄んでいる朝の時間に、それが時計塔であることを確認しておいた。レンズの倍率を最大にしたら、文字盤らしきものがぼんやりと見えたのである。

さて、と腕を組んだ。

「遠い街」とぼくはこのノートにそう書いたが、望遠鏡で確認できる距離にあるのだから、「遠い」と書くのは正しくないかもしれない。

ただ、ぼくはその街まで歩いて行き、帰りも同じ道を歩いてきたのである。帰りは本が増えた分、足どりが重たくなり、行きよりずっと時間がかかった。当然ながら、鉄道やバスを使えば、わずかな時間で往復できただろう――。

となると、どうやら自分はそこへ到着するまでの時間、あるいは、そこから自分の部屋に帰ってくる時間の長さから、「遠い」と書いてしまったのだと思う。距離としては、おそらく大したことはない。

距離ではなく、時間的に遠かったのである。

目印の時計塔を目指し、到着まで二時間ほどかかった。歩いて二時間は「遠い」

と云っていいように思う。

歩き疲れてようやく時計塔に辿《たど》り着くと、部屋の窓から遠く望んでいたところに、いま自分はいるのだと妙な心持ちになった。

時計塔は入場料を払うと上層階にのぼることが許され、せっかくなので、そうすることにした。

客はまばらで、時計のからくりを間近に見学できる最上階には、ぼくの他に若い男女がいるだけだった。冷たい空気にひたされた部屋の中心に鉄の匂いと油の匂いを放つ時計の心臓部がある。いくつもの歯車が組み合わされたじつに複雑怪奇なものだった。

部屋の中は薄暗いが真っ暗ではない。四方を取り囲む壁のひとつに直径三メートルほどの円いガラス窓があり、ガラスは曇りガラスで、外の光がぼんやりと射し込んでいる。この窓の正体は時計の文字盤で、文字盤の内側から眺めているので、1

から12までの数字がさかさまに見えた。魔法の剣のような長針と短針が一分ごとに動いている。

若い男女は曇りガラスの窓の一部がリング状に透けているのを見つけ、そこに顔を押しつけて外の様子を見おろしていた。が、すぐに飽きてしまったのだろう、小声でなにごとか囁き合いながら早々に立ち去った。

思いがけず、一人きり残されると、自分が時計の中――というより時間そのものの中に入り込んで、時間に絡め取られてしまったようなおかしな気分になった。足が宙に浮いた心地で文字盤に歩み寄り、ガラスの透けたところから、息つぎをするように外を見た。

知らない街並みがひろがっている。

そういえば、大家さんから借りた望遠鏡が鞄の中にあった。そそくさと取り出し、レンズ越しに覗《のぞ》きながら、ふと思いついた。

ほかでもない、この望遠鏡で自分の部屋の窓からこの時計塔の文字盤を確認したのだ。となると、理屈から云えば、ここから自分の部屋の窓が見えるはず。

見当はついていた。探すまでもなく、ぼくが住んでいるあの城塞のような建物が遠くにぼんやりと見えていた。

レンズを調節して、ピントを合わせる。

が、暗くてよくわからなかった。見えたような見えないような――。

たぶん、あかりが消えていたからだろう。

もし、部屋の電灯をすべてつけておいたら、この部屋の小さなあかりが、遠い灯台のあかりのように見えたかもしれない。

第二章

バリカンとジュットク

Sketch

姉に手紙を書いた。

季節の挨拶は省き、「スケッチブックが使いやすくて重宝しています」となるべく丁寧な言葉で感謝を述べた。「もっぱら雲を描くことに専念し、もしかして、鉛筆というのは雲を描くために発明されたのかもしれない」と書き添えておいた。

姉はまだ学生であった頃から、ぼくが絵描きになればいいと思っていたようで、「鉛筆工場で働きたい」とぼくが云《い》ったときは、やんわりと反対したのだった。

けれども、自分の絵を売って生計をたてるのは難しい。それに、どんな仕事に就いても絵を描くことは出来る。お金をいただくために描いているわけではないのだから、絵の出来ばえを気にする必要もない――。

もちろん、描くことが快いのは間違いなかった。

でも、ぼくは姉への手紙にも書いたとおり、「雲と鉛筆」の関係について考える時間の方がより愉《たの》しかった。

「ああ、わかるよ」

人生はぼくの話を聞いて、すぐに賛同した。

「君はたぶん、何かと何かのあいだにあるものが好きなんだよ。人生には、そうしたものを愛《め》でる時間というのがある——」

「人生」というのはぼくが勝手につけた彼のあだ名で、とにかく人生は、すぐに「人生は」と語り始めて、それがどこまでも止まらない。

「人生というのは、おおむね、なかなか終わらないものなんだよ。となると、僕という人間が生きていくあいだに、いちばん長い付き合いになるのが人生ということになる。世の中には僕がこうしてたびたび、人生は——と口にするのが気に入らない人がいるようだけど、人生をないがしろにして、人生について考えることを放棄した人は、いつか必ず人生からしっぺ返しを食らうことになる」

人生とは川の近くの〈コーヒーが飲める店〉で知り合った。そういう名前の店なのだ。正確に云うと、「コーヒーしか飲めない店」で、他にメニューがないというか、そもそも、メニュー表がこの店にはなかった。

「そういう潔さが気に入ったんだよ」

人生は初めて会ったときから、そんな調子だった。

「なぁ?」と隣に座っていたぼくに同意をもとめ、「人生でいちばん大事なことは、潔いかどうかってことだ」――そう云いながらコーヒーを手にしたままぼくの向かいの席にことわりもなしに腰かけた。

「潔いっていうのは、つまり身のほどを知るってことで、何ごとも謙虚に受けとめるべきだとは思うんだけど、残念ながら、自分にはそれが足りていない――」

人生は声を小さくした。

「たぶん、そおっと生きていくってことなんだろうね。身も心も自分の感覚より小さく見積もる。そうすると、自分もまたあたりまえのように小さな存在になって、いろんなことを、有難いなぁ、偉いなぁ、と思うようになってくる——そうだとわかっているんだけど、僕にはそういうところが足りていない」

人生は髪を短く切り揃《そろ》え、琥珀《こはく》色のかたちのいい眼鏡をかけていた。

「いい眼鏡だね」とぼくが褒めると、「そうだろ？」と彼は嬉《うれ》しそうに目を細めた。

「君は素晴らしいよ。この眼鏡の良さがわかるなんて。友達になろう」

そう云って彼は握手をもとめてきた。

人生の手は、ぎょっとするほど冷たくて、ほっそりとしていた。

「この眼鏡は僕の親父《おやじ》がつくったものでね、眼鏡屋なんだよ。自分でつくって、自分で売っている。つまり、僕は眼鏡屋の息子というわけさ」

人生は何の変哲もない白いシャツを着て、黒いカーディガンを羽織っていた。贅肉《ぜいにく》がいっさい感じられず、きれいなかたちの骨格に、引き締まった肉と、丈夫でしなやかな皮がびっしり貼りついていた。

「人間は誰でも一度、眼鏡屋の息子になるべきだと思う。眼鏡というのは、世界をよりよく見るためのもので、それって哲学や詩によく似ている。つまり、眼鏡は、それ自体、哲学と詩を孕《はら》んでいる。そんな凄《すご》いものを親父はつくりつづけてきた。そして、その息子である僕は、それが運命であったかのように、生まれつき視力が劣っていた。僕はほとんど眼鏡をかけてこの世に生まれ出てきたようなものだ。だから、僕は誰よりもこの世界をよぉく見てきた」

*

水曜日――。

ぼくは姉に送る手紙に何かオマケを付けられないものかと川の近くまで出かけたのである。半年に一度の有給休暇をとり、旧倉庫街にあたらしく出来た文房具屋と雑貨屋を見て歩いた。昔はそっけない倉庫ばかりが建ち並ぶ一画だったが、いつのまにか様変わりし、使われなくなった倉庫を若い人たちが改造して、気持ちのいい小ぢんまりとした店を営んでいた。

悩んだ挙句、小ぶりなジューサーミキサーを選んだ。ずいぶん大げさなオマケになってしまったが、以前、姉が欲しがっていたのを、ふと思い出したのだ。

手紙と一緒に青い包装紙に包んでもらい、そこへ白い小さな紙を貼りつけて、手帳から姉の家の住所を書き写した。

ぼくは姉の家に行ったことがない。姉はとても遠いところに住んでいる。それは窓から見える時計塔の遠さではなく、もっと圧倒的で絶望的な遠さだった。

もし、ぼくが姉の家へ行くことになったら、有給休暇をまるまる一週間とって、父の遺《のこ》した旅行鞄《かばん》にありったけの荷物を詰め込んで旅立つことになる。

姉は郵便局の裏手の大きな川を渡り、その先にあるもっと大きな川も渡り、さらにその先の川を渡ると、とうとう船に乗って海を渡っていった。

海の向こうのあちら側へ嫁いだのだ。

ぼくは海を渡ったことがない。それがどんなものなのか想像もつかない。ぼくには郵便局のそばにある〈大橋〉を向こう岸へ渡るだけで一大事だった。

Juicer
Mixer

郵便局で青い小包の郵送料を算出してもらった。

算出と云っても、ぼくに云わせれば、それは厳密なものではない。

かねてより疑問に思っていた。

どういうものか、郵送代というのは、たとえば隣の家に送るのも、隣町に送るのも同じ料金だったりする。もう少し離れたところへ送るときは余計に料金がかかるけれど、そうは云っても、数メートルごとに加算されるわけではない。ある一定の距離を超えると途端に高くなる。海を渡るとなれば、当然、それなりの料金になる。

これは鉄道の運賃も同じで、隣駅までの料金と三つ先の駅までの料金が、まったく同じである。

もっと云うと、郵送料は距離だけで変動するのではなく、荷物の重さによっても変わってくる。重たければ重たいほど料金は高くなる。

しかし、それはどうしてなんだろう？

おそらく、重いものを運ぶには、運ぶ人間の労力が増すからだろう。でも、荷物が運ばれていく道のりのあらかたは人力ではなく何らかの乗り物の力を利用している。たしかに乗り物を運転する労力は必要だとしても、よほどの大重量でない限り、重さに左右されるとは思えない。

現に鉄道の運賃においては、著しい例外をのぞけば、基本的に痩《や》せた人も太った人も一律、同じ料金で運んでくれる。

姉の家とぼくの住む街のあいだには、まずもって郵便局の裏手を流れる川があった。郵便局は、ほとんどこの川を背負うようにして建っており、そこは云うなれば街のいちばん突き当たりである。つまり、「こちら側」の行き止まりに郵便局はあり、川の向こうに広がる「あちら側」へつながる窓口になっていた。

これはしかし、たまたま郵便局が川のそばにあるからそう感じるのではなく、たとえ、街なかの真《ま》っ只中《ただなか》に構えていたとしても話は同じなのだ。

郵便局というのは自分のテリトリーの最後のところにある港のようなもので、あの赤いポストの投函口《とうかんぐち》や、局員が控えている窓口といったものは、その「口」がそのまま「あちら側」につながる入口になっている。

そう思うと、郵便ポストの投函口というのは、じつに興味深い。あれは異界につながる入口で、都会ともなれば、ポストは至るところに設置されているのだから、至るところに異界への入口が口を開いていることになる。

＊

「わかるよ、わかるよ」

人生が嬉しそうな声で繰り返した。

人生が「わかる」と云ったのは、ポストの「口」の話ではなく、曇り空と鉛筆の話につらなる「何かと何かのあいだ」の話だった。

「そのあいだに本当のことがあるんだよ。というか、人生というのは、ようするに〈あいだ〉のことにほかならない。生まれてから死ぬまでのね――」

姉に送る小包を郵便局の窓口に出し、その足で〈コーヒーが飲める店〉に立ち寄った。いつもは仕事の帰りに寄っているので、まだ陽《ひ》のある時間に、そこでコーヒーを飲むのはひさしぶりだった。

「やぁ」と人生はいつもの席から声をかけてきた。彼はぼくが立ち寄る夕方のいちばん終わりの時間に必ずその席にいる。でも、昼下がりのそんな時間に同じようにコーヒーを飲んでいるとは知らなかった。

大体、ぼくは人生がどんな仕事をしているのかよく知らないのだ。

「仕事は?」と訊《き》くと、彼の答えはいつも決まっていた。

「僕はあらゆる仕事をしてきたし、これからも、そうするつもりだ」

実際、彼は運転手になり、ときには売り子にもなり、歌手を経験して、荷物を運び、レジを打って、不動産の斡旋《あっせん》をした。花と弁当と氷を売り歩いてきた。

「そうすることが、最も手っ取り早く、人生というものを知り得る方法になる」

彼は難しい顔をしてそう云った。


「人生というのは、結局のところ、この世をどう過ごすかということなんだと思う。で、いまのところ、この世を過ごしていくには、ある程度のお金が必要になる。お金を得るためには仕事をしなくてはならない。もちろん、金銭にこだわることなく仕事をしている人は沢山いるけれど、僕は働いていただくお金をいちばん有り難いと思う。働いていないのに、お金が入ってくるのはなんだか嬉しくない。なんというか、人生を感じられない。僕はいま、撒水夫《さっすいふ》をしているんだけど――」

「サッスイフ?」

そんな仕事があることを知らなかった。

「水を撒《ま》く仕事でね。君も気づいているだろうけれど、このところ、僕らの街はひどく埃《ほこり》っぽい。大きな工事が絶えないからね。まったく悲しくなるよ。ここで生まれて、ここで人生を過ごしてきた。この街は僕の人生そのもので、僕の人生のこれまでを辿《たど》るには、この街が必要なんだよ。それが、ことごとく破壊されていく。別の街に変わり果てていく。街を壊すことは、僕の記憶、僕の人生を破壊することに等しい。壊す人たちは、どうしてそのことに気づかないんだろう？　想像力が貧しすぎる――いや、謙虚に生きていくのがモットーである自分としては、自分もまた想像力が足りないんじゃないかと、じっくり考えてみた」

「それで、この事態に際して、どんな想像力を働かせばいいのか頭をひねり、自分なりにひとまずの結論を出してみた。僕たちの街は埃っぽい。破壊した塵芥《じんかい》が舞い上がっている。その埃は云ってみれば、僕の記憶、僕の人生の塵芥だ」

「埃や塵《ちり》は行き場を失っている。多くの市民が塵芥にむせ返り、目に涙をためながら外を歩いている。鎮めなければいけない。散りゆくものを留《とど》める必要がある。でも、どうしたらいい？　簡単な話だ。水を撒けばいい。それで僕は毎日、朝早くに水を撒いている。街のあちらこちらに。毎日毎日、繰り返し繰り返し――」

「それで、ようやく気がついた。同じことを繰り返すのは気持ちのいいことだと。

考えてみれば、快楽とは反復のことだった。同じ席で同じコーヒーを飲みつづけること。繰り返しつづけていくこと。あたらしいものやあたらしい考えというのは、そうした同じことの繰り返しの中から、ある日、不意にあらわれる。いや、本当のところ、繰り返しというのは錯覚に過ぎなくて、じつは、誰にも気づかれないくらい少しずつ変化している。微妙な変化。微細な更新。そいつを見逃してはならない。その微妙な変化を察知できるのは、われわれ人間だけなのだから」

人生はそこで休符を入れるように小さく息をついた。

「ゆっくり動いていく雲の流れや、無限に変化する黒でも白でもないそのあいだの色を鉛筆で描いていくこと。それと同じだよ――」

＊

コーヒーを飲み終えると、髪を切ってもらうためにバリカンのところへ行った。世の中における普通の呼び名は〈理容師〉ということになるのだろうが、バリカンという男は「バリカン」と呼ぶのが、いかにもふさわしい。彼はその名のとおり、バリカンひとつで自在に人の髪を切って整えてきた。いささか気が短くて言葉も態度も荒っぽいけれど、腕はたしかで、ほとんど奇術や曲芸の領域である。

バリカンはとても背が高かった。だから、客の髪を切るときは、ずいぶん腰を折ってバリカンを操る。彼の理容室には、すべての理容室がそうであるように大きな鏡がしつらえてあり、ほとんど壁一面が鏡になっている。鏡には、すべてがさかさまに映っていて、客はぼくひとりで他に誰もいない。が、いないはずなのに、いつのまにか隣の椅子に男が座っていた。

「私は写真を撮るのが苦手なんですよ」

男はいきなりそう話しかけてきた。


「誰だい、あんた」とぼくが訊きたかったことをバリカンが訊いてくれた。「どこから入ってきた?」

男はまるで鏡の中から出てきたかのようだった。

「ほら、私の写真を見てください」

男はバリカンの言葉を聞き流し、上着の内ポケットから輪ゴムでとめたひと束の写真を取り出した。「ほら」とこちらに差し出してくる。

「おい」とバリカンが声を荒らげた。「ここは、おれの縄張りだ。もういちど訊く。あんたは誰だ? まずは名乗るのが筋だろう」

「これは失礼」と男は姿勢を正した。「わたくし、ジュットクと申しまして――」

「ジュットク？」

「十徳ナイフの十徳です。いえ、便利ですよ、十徳ナイフは――」

そう云って、そのジュットクと名乗る男は手のひらにすっぽりと収まる小ぶりのナイフを「ほらね」と宙にかかげてみせた。


「ドライバー、ハサミ、ピンセット、ヤスリ、ノコギリ、ハンマー、ワイン・オープナー、センヌキ、カンキリ、ペンチ――以上で十種類」

ジュットクはナイフの各所を操作し、その一本がいかに多機能であるかを早口にまくしたてた。

「しかもです、じつを云うと、私のこのナイフは十徳を超えた二十徳ナイフなんです。いいですか、さらに、カメラ、ボールペン、フォーク、スプーン、ルーペ、ジョウギ、ツメキリ、インカン、スコープ――そして、バリカンまで」

「バリカン?」とバリカンが目を見張った。

「そうです。あなたのトレードマークであるところのバリカンも、しっかり含まれています。これ一本あれば、写真が撮れて、食事が出来て、大工仕事も出来て、髪を切ることだって可能です」

「それは、あんたがつくったのか」

バリカンは訝《いぶか》しげに顔をしかめた。

「そういうことになります。もし、ご所望であれば、三十徳ナイフ、四十徳ナイフもご用意しております。私はね、こうしてたったひとつの小さなものが、あらゆる用途に応えていくことに無上の喜びを覚えるんです」

ジュットクはセールスマンだった。

彼はわれわれの街のあちらこちらに出没し、必要に応じて、〈十徳〉から〈四十徳〉まで、あるいは、そのすべてを箱に入れた〈百徳セット〉なるものを市民に販売していた。たった一人で、彼の云う「たったひとつのもの」を売り歩き、「この世でいちばん美しく尊いものです」と、ナイフの表面を愛《いと》おしそうに撫《な》でた。

「押し売りなら出て行ってくれ」

バリカンは声を尖《とが》らせた。

「ひえっ」とジュットクは震え上がり、「私は知ってますよ」と後ずさりながらナイフを握りしめた。

「あなたはそのバリカン一丁で街の皆さんの髪を切ったり刈ったり整えたりしてます。同じじゃないですか。バリカンひとつで、あなたはあなたを世に知らしめ、バリカンひとつで、あなたはあなたを保ちつづけてきた。違いますか？」

「いいから、出て行ってくれ」

バリカンは、手にしていたバリカンをジュットクの鼻先に突き出した。

「ひえっ」

どう見ても気の弱そうなジュットクはあたふたと走り去ったが、彼の手からこぼれ落ちた写真が足あとのように点々と散らばっていた。拾い上げて確かめると、どの写真もピントが合っていない。

一枚だけピントが合っているポートレートがあったが、おそらく、その人物の一番ひどい表情をとらえた一瞬ではないかと思われた。

＊

「じゃあ、いつもと同じでお願いします」

アクビさんの店の前に立ってそう云うと、

「はい、わかりました」

アクビさんは目に涙をにじませて、ぼくの顔を見た。

月に一度、こうしてアクビさんの店で苦い茶の葉を買うことにしている。


アクビさんは歳老《とし》いた犬のように歳老いていた。アクビさんの本当の名前はアケミさんなのだが、彼女はどういうわけか、いつでも眠いのである。眠くて眠くて常にアクビをしている。いや、人前でアクビは失礼だとアクビを噛《か》み殺し、すると、じんわりと目尻に涙がにじんで、泣いているような顔になる。

アクビさんは余計な話をしなかった。

建物と建物にはさまれた、おどろくほど小さな店で茶の葉を売っている。

ぼくはアクビさんの声を聞きたくて――とてもいい声なのである――つい、余計な話をしたくなる。彼女は街なかの人たちのことはたいてい何でも知っていて、試しに「ところで」とジュットクの話をしてみると、「ああ、あの人」と、やはりジュットクのことを知っていた。

「悪い人じゃないんだよ」

そう云って、目尻に涙をにじませた。

「あの人は若いころ、写真を撮る人をめざしていてね、自分のお金で自分の写真をあつめた本をつくって、アタシも一冊もらったけど――」

そう聞いて、ぼくはジュットクが落としていった写真を彼女に見せた。

「ああ」

アクビさんは首にさげていた眼鏡をかけて、じっと写真に見入った。

「昔からこうなんだよ」

眼鏡をおろして、ハナをすすった。

「ひとつも上手《うま》く撮れてやしない。自分でもわかってるんだよ。でも、どうしようもない。どれもぼやけていて、なんだかよくわからなくて――たぶん、あの人には世の中がこう見えているんだろうよ。でもね――」

アクビさんは肩をすくめながら小さく首を振った。

「それの何がいけないんだろうね」

気がつくと、陽が暮れていた。

これにて休日は終わりである——。

一、姉に手紙とジューサーミキサーを送り、

二、人生とコーヒーを飲んで、いつもどおり彼の人生論を聞いた。

三、バリカンに髪を切ってもらったが、ジュットクなる男の横槍《よこやり》がはいり、

四、アクビさんの店で苦いお茶を買って、ジュットクに関する昔話を聞いた。

一日を振り返って、ささやかな達成感を感じ、いま一度コーヒーを飲みたくなったので、部屋に戻る前に、〈コーヒーが飲める店〉に寄ってみた。

すると、驚いたことに人生が昼間と同じ席に座っていて、昼間と変わらない嬉しそうな顔で「やぁ」と手をあげた。

「いろいろなものを、ひとつにまとめるのはいいことだと思うよ」

人生はぼくの話を聞いて、まずそう云った。

十徳ナイフについての感想である。

「でも、いろいろなことを、いろいろなまま並べておくのもいいものだよ。だから、答えは出ない。Aでもあり Bでもある。僕はね、答えがふたつあるものにこそ本当のことが宿っていると信じてる。だから、これはこの先、何度も考える価値がある。ただし、答えはどこまでも出ない。答えなんて見つけない方がいいんだよ」

「でも、どういうわけか、みんな見つけたがる。どうしてだろう？　見つけるってそんなにいいことなのかな？」

「眼鏡屋の息子として云わせてもらうとね、そこに『見る』という言葉が使われている以上、その対象物は自分に含まれていないと思う。『見つけた』と口にした瞬間、見つけたものは自分の外にあると確定される。つながったんじゃない。むしろ、つながっていないことがわかった寂しい瞬間なんだよ」

「かくいう自分も、ほとんど何にも含まれていない。思いのほか、何にもつながっていなかった。およそ、あらゆることは自分の外に発見され、僕は丸腰のまま一人でこの世に投げ出されてきた。ただね――」

人生の目にきらりと光が宿った。

「人生には『見つける』ではなく、もっといい言葉がある。『気づく』という言葉だ。そいつはたいてい自分の内側からピンッと音をたててあらわれる。『見つけた』

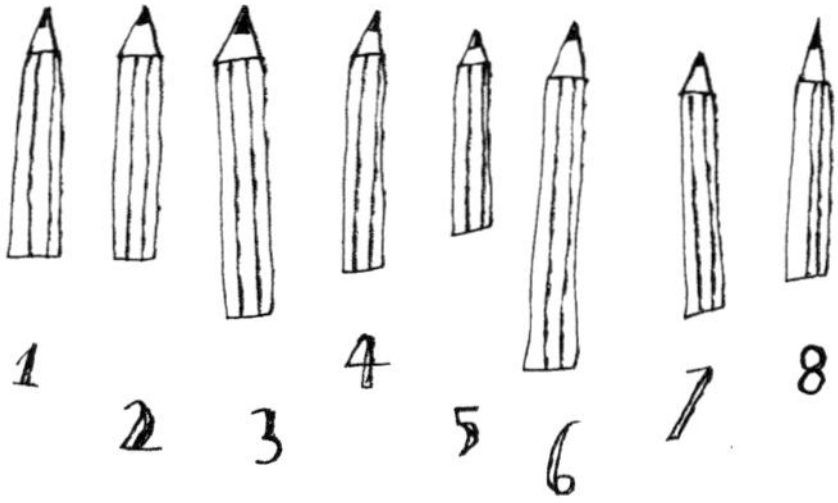
1
2
3
4
5
6
7
8

ものは自分の外にしかないが、『気づいた』ものの多くは自分の中にある。なぁんだ、自分の中にあったのか、と拍子抜けする人もいるけれど、こんなに嬉しいことって、なかなかないよ」

五、人生とふたたびコーヒーを飲み、探しても答えは出ないのだと彼は云った。

「答えがふたつあるものにこそ本当のことが宿っている」

人生はそう云っていた。

AでもBでもなく、じつは、そのふたつのあいだに豊かなものがある、と。

本棚から本を取り出してきて、子供机の上に並べてみた。

あらためてページをひらくと、じつにさまざまなことを、さまざまな観点から、さまざまな人たちが語っていた。

歴史について、未来について、文明について、宇宙について、時間について、仕事について、進化について、古代について——。

教育、身体、生態、宗教、建築、幸福、政治、経済、料理、道徳、数学、精神、植物、環境、言語、憲法、哲学、科学、音楽、恋愛、媒体、関係、差別、労働、国家、統計、裁判、友情、運動、戦争、芸術、人生——。

人生について書かれた本は七冊あった。

幸福について書かれた本は四冊ある。

身体について書かれた本は六冊あり、芸術について書かれた本は十二冊あった。

雲を描いているときに、ふと、「四十八茶百鼠《ねずみ》」という言葉を思い出した。

茶色は四十八種類、鼠色は百種類もの色あいがあるという意味である。ただし、この数は言葉の綾《あや》であって正確なものではない。実際は、驚くなかれ、茶色も鼠色も百を超える種類がある。

「でも、鼠色は鼠色でしょう」

そう云う人もいるかもしれないが、色見本帳をひもとけば、「葡萄《ぶどう》鼠」「桜鼠」「利休《りきゅう》鼠」と、ひとつひとつにしっかり名前までついている。

「百鼠」がどうして生まれたかというと、江戸時代に発令された奢侈《しゃし》禁止令すなわち「庶民は贅沢《ぜいたく》をしてはなりません」という御触れに端を発していた。

その時代、庶民は着物の色や柄に豪奢《ごうしゃ》な色を使うことを禁じられたのである。

が、江戸っ子は庶民こそが洒落者《しゃれもの》で、「色を禁止するなんて野暮な話だ」と、御上に反発したくなった。

そこで発案されたのが「百鼠」だった。使用を許された数少ない色のひとつであった鼠色に少しずつ色を加え、一括《くく》りにすれば「鼠色」なのだが、そのわずかに違うグレートーンの中に微妙な色あいを楽しむことを覚えた。

「派手な色なんてみっともない。本当に粋なのはモノトーンだよ」とばかりに逆手にとってみせたのである。


昔の人はそんなふうに賢い発明をいくつもしたが、たとえば、あの「ジャンケン」というものもそのひとつだった。云うまでもなく、グー、チョキ、パーと三つの手のかたちで勝敗を決める遊戯だが、パーがグーを制するのは誰しも思いつきそうなこと。ここで讃《たた》えたいのはチョキの発明である。

グーとパーだけではハナから勝負が決まってしまう。そこにチョキという第三の手を加えたことで、ジャンケンはじつにシンプルかつ奥深いものになった。

「三番目」の存在が効いたのである。

じつは、ドラマをもたらしているのは、いつでもこの「三番目」の存在なのかもしれない。

なにごとも、一対一では角が立つ。第三の男が公平な目でジャッジすべきで、それでも片づかないときは、助《すけ》っ人《と》や後ろ盾といったものが必要になる。でなければ、いつまでも睨《にら》み合ったままとなり、三人目があらわれないことには、「過半数」という言葉も生まれない。

言葉の上で云うと、「三」の効用を説いたものに、「三人寄れば文殊の知恵」という諺《ことわざ》がある。あるいは、「三度目の正直」というのもよく耳にする。

もちろん、いいことばかりではなく不都合もあり、三人で将棋は出来ないし、麻雀《マージャン》も出来ない。ついでながら、男前を競う世界において「三枚目」といえば、一段下に見られた道化役と決まっている。

もっとも、仏像を拝観したときに気づくことだが、脇侍《きょうじ》と呼ばれる引き立て役が両脇にいることで、初めて中心にいる仏様が際立ってくる。デュオに中心人物はいないが、トリオが横並びになれば、自ずと「センター」があらわれる。

ひるがえして云えば、優劣がより明快になってしまうのである。

このことは男女関係にも通じていて、二人きりのときはうまくいっていたのに、「三人目」が加わった途端、事態は「三角関係」となって、急速にややっこしくなってくる。

三という数字はふたつに割りきれないがゆえに複雑な状況を生み、その一方で、割りきれないがゆえに、決まりきったものにあたらしい展開をもたらした。

グーでもパーでもなく、右でも左でもなければ、白でも黒でもない。

そのあいだにあるもの――。

白と黒のあいだには百通りの鼠色を育んだ豊かな可能性があった。

とかく「白黒はっきりしない」と揶揄《やゆ》され、「グレー・ゾーン」と云えば、曖昧であったり、疑わしいときに用いられるのが常だが、白黒はっきりしない美しさもあるのだと雲を描きながらしばし考えた。

＊

それから何日かして、姉から手紙が届いた。

「ジューサーミキサーをありがとう。でも、どうやら不良品のようで、スイッチを入れても動きません」

姉はそう書いていた。

「台所テーブルの上に置いて右から左から眺めています。しかし、これはこれでなかなかいいものです。壊れたものには、動いているものと違う美しさがある。動けばそれは道具だけど、動かないジューサーミキサーは、その役割から解放されて、そのうち、ジューサーミキサーという名前からも自由になりました」

「いま、この美しいかたちをした機械は、遠い未来から送られてきた未知の物体のようにテーブルの上でかしこまっています。こうして道具であることを忘れてしまえば、こんなにも人間のつくり出した機械は美しく不思議なものなのだと初めて感じ入りました。道具とみなされていたときには決して気づかなかった——」

「いましばらく、この名もない不思議なものを鑑賞し、充分に堪能したら、近所の電気店に修理に出します。もういちど、ありがとう。壊れてしまったものは悲しいものではないのだと、この歳になって、ようやく知りました」

第三章

名前のない画廊

日曜日がめぐってきた。

夜おそくに洗って干したズボンがまだ充分に乾いていない。ポケットに手を入れたらずいぶんと湿っていて、もう少し干しておきたかったけれど、空には雲が重たげに垂れ込めている。

まばたきを我慢して目をこらすと、白い糸のような雨が降っていた。

そのまま見ていると、気が遠くなってくるような小雨だ。

視界の端を赤い風船がひとつ昇っていった。街の誰かの手をはなれて、空へ昇ってきたのだろう。

時計を見た。じきに昼になる。

雨がひどくならないうちに買い物に行こう――。

仕方なく生乾きのズボンを穿《は》き、どうせまた濡《ぬ》れてしまうのだから、と自分に云《い》い聞かせた。

階段をおりながら空を見る。風船は赤い点となってまだそこにあった。そればかりか、ひとつだったものがふたつみっつと増えている。

街の方で何か華やかなことでもあるのだろう。

耳を澄ましても様子はわからない。雨が服に当たって染み込む音と、石階段の乾いたところに点々と打ち込まれていく音だけがあった。

街に近づいても様子は変わらず、思い出したように風船がまた昇っていった。

「おい――」

工場街を抜けて駅につづく通りにさしかかったとき、突然、どこからか声がかかった。掠《かす》れた声はおそらくバリカンの声ではないか。右に左に頭をめぐらせると、薄暗い路地の入口に彼は立っていた。

「そこまで一緒に歩こう」

バリカンは人差し指を立てて、(こっちへ)というふうに動かした。こっち、というのは路地の奥のことに違いなく、「ええ」と返事をしたこちらの声も待たずに、バリカンはもう路地の奥に消えていた。

街なかにある迷路のような路地はひととおり知っているつもりだった。が、バリカンの背中を追いかけるうち、自分がどこを歩いているのかわからなくなってきた。靴音が響き、それに重なって、表通りから建物を越えて、にぎやかな音楽が聞こえてくる——。

「あの音楽は？」とバリカンの背中に訊《き》くと、

「巡回芝居のリハーサルだろう」

バリカンは歩をゆるめて耳を澄ました。

「おれは芝居が苦手でね。音楽を鳴らしたり、大きな声を出したり、ああいう大げさなものは好きじゃない」

風船はどうやら巡回芝居の宣伝のようだった。引っかかったのか、それとも誰かが結わいていったのか、排気口のパイプに風船の糸がからまって路地に浮いていた。

「つっ」

バリカンは舌打ちし、くわえていた煙草《たばこ》の先を押しあてて風船を割った。

風船を見つけるたび、バリカンは煙草の火で次々と割っていった。

「セリフを吐く奴《やつ》っていうのが、どうも苦手なんだよ。いや、芝居の話じゃなくてさ、そこらにもいるだろう？　ふたこと目には『人生は』とか云って、長々とセリフを吐く奴――」

ぼくは人生の顔を思い浮かべて、笑い出しそうになった。

「決まりきった文句を並べて、知ったようなことばかり云って」

しかし、そう云うバリカンも、いかにもセリフめいたことを口にしていた。

「セリフばかり云う奴の話っていうのは、たいてい、誰かが考えたことを真似《まね》してるだけだ。自分じゃ何も考えてない――」

バリカンの話しぶりこそ、よほど芝居がかって見えた。

「もっとも、自分なりの考えなんてものは、もうどこにもないんだろう。おれはバリカンひとつで何でもこなしてみせるのが自慢だったけど、こないだの十徳ナイフの男とおれはほとんど変わらない。心意気が違う、と云いたいところだが、あの男はあの男で、あの便利な十徳に心血を注いでいるみたいだった。ナイフの説明をしているとき、ナイフよりも、あいつの目が輝いてた」

バリカンはしゃがみ込んで靴紐《くつひも》を結びなおし、

「じゃあな」

立ち上がるなり、ここから先は一人で、とばかりにさっさと行ってしまった。

今日は第三日曜日で、バリカンの理容室は休みである。靴がきれいに磨いてあったし、シャツにアイロンがかかっていた。女のひとに会いに行くのだろう。

古びた建物に囲まれた、見知らぬ路地に一人きり残された。

雨はやんだようである。かすかに音楽が聞こえていた。

こうしたところで時間を過ごすのが苦ではない。むしろ快く感じる。

いくつかの建物を隔てた向こうに人々が集い、そこは華やかな場所で、じきに芝居や見世物が始まろうとしている。音楽と喧騒《けんそう》が遠くに聞こえ、そうした状況に自分が含まれているような、含まれていないような、微妙なところに位置している。

いつか観た映画の中で、そんな場面があった。いまにも革命が起こりかねない都市の片隅で、主人公の青年がひとり物憂げに酒場で過ごしている。歴史に刻まれるような出来事が始まろうとしているさなか、その気配が音や振動といったもので伝わってくる。しかし、青年は動かない。そこに留《とど》まりつづける——。

そんなことを思い出しながら見知らぬ路地をさまよい、（おや、こんなところに）と足をとめたのは、それなりの年季を感じさせる画廊の前だった。

〈ギャラリー名無し〉と看板にある。

覗《のぞ》いてみた。

画廊の中は薄暗く、小さな絵が何点か飾ってあるようだ。

近づいて見てみる。小さな絵はどれも見覚えがあった。レンブラントやダ・ヴィンチの誰もが知っているであろう作品も見受けられ、しかし、そのどれもが葉書ほどの大きさでしかない。

暗さに目が慣れてくると、展示してある部屋が、さほど大きくもない小部屋であるとわかった。部屋の奥には隣の部屋につづくアーチがある。誘われるようにアーチをくぐると、今度は壁一面に、さまざまな大きさの絵が飾ってあった。それもまた見覚えのある絵ばかりなのだが、いずれも妙な違和感がある。

さて、と腕を組んだ。

何がおかしいのか――。

そのうち、どの絵も左右が反転した鏡像であることに気づいた。つまり、どれも鏡に映した状態の絵なのだ。

が、よくよく近づいて絵の細部に目をこらしてみると、どうやら機械的に複写されたものではなく、絵の具の質感や盛り上がりが、本物と見紛《みまが》うばかりの筆致をのこしていた。おそらく、最初の小部屋にあった小さな絵も、機械的に縮小したのではなく、実際に誰かが描いたものに違いない。

この画廊にはさらに奥の部屋があり、その部屋に足を踏み入れた途端、空気がひやりと一変したように感じた。

どうしてだろう。ある種の絵を前にしたとき、こうして周囲の温度が下がったように感じるときがある。

本物に触れたときだった。

それまで、画集や絵葉書やポスターといった複写物で見ていた絵画の実物を、ついに美術館や画廊で目の当たりにしたとき、その絵も自分自身もひとつの冷たい空気の中にひたされている感覚になる。

その部屋に飾られていたのは、一点一点の大きさは小ぢんまりとしたサイズのものばかりだったが、どの作品も本物の風格を備え、観《み》る者——というのはつまりぼくのことだけれど——を「観る者」ではなく「観られている者」に変える力を持っていた。

ときどき、そうした絵に出くわすのだ。

絵の方がこちらを観ている。

そこに、人物が描かれていて、彼や彼女の視線がこちらに向けられていれば、なおのことそう感じる。

が、仮に描かれているものが、テーブルの上に置かれた洋梨と水差しだけであっても、その絵に宿っている時間や空間から、こちらを覗き込んでいる視線を感じることがあった。

honmono
nisemono
Honmono
nisemono
nisemono
Honmono

その部屋の壁に並んだ絵は、どの絵もそうした視線をこちらに放っていて、射すくめられる、とはこういうことを云うのだろう。

しばらくのあいだ、身動きが出来なかった。

どの作品も「誰もが知る絵」ではない。データが貼り出されていないので、誰のなんという絵であるかはわからないが、間違いなくゴッホが描いたであろうと思われる作品があり、マティス、ルノアール、ムンク、シャガールといった個性的な作風の画家が描いた未知の作品ではないかと思われた。

「いかがです」

すぐ後ろで男の低い声が響き、虚を突かれて心臓がひっくり返りそうになった。

「よく描けているでしょう」

男は画廊の主人のようだった。上等な背広を着て首にチーフを巻き、服に染みついた葉巻の香りがほのかに甘く漂った。

「贋作《がんさく》ですよ」

男はその部屋に飾られている七点の絵を順に見やり、

「あれも、これも、すべて贋作です」

得意げな調子でそう云った。

「いつもは展示していません。でも、今日は広場で賑《にぎ》やかなことがあるようですからね、こんな日に、うちへ来るお客様はいませんよ。そう思って、展示してみたんです。今日だけの特別展示です」

「贋作というのは――」とぼくが云いかけると、

「模写なんです。正確で精密な本物を超えた偽物です」

男は目を細めた。

「本物など、大したものではありません——いえ、ご存知のとおり、どなたも世界的に有名な画家ですからね、彼らの名誉のために、誰とは申しませんが、ここにある絵の本物は鼻唄まじりで描かれたものもあるんです」

男はそう云ってウインクをした。

「でも、そんなふうに鼻唄まじりで気楽に描いたものが、肩の力を抜いて描いたからこそ、神がかった作品になることもあるわけで——」

「そうなんですか」とぼくは驚きを禁じ得なかった。

「事情はいろいろです。ですからね、贋作者はそうした事情をくみとりながら描かなければなりません。真の再現とはそうしたものです」

「絵というのはですね、ただ眺めただけでは足りないのです。本当にその絵を愛して熟知したいのであれば、その絵を描いた画家になりきって、ひと筆ひと筆を緻密に再現する必要があります。そういう意味では、贋作者くらい、その絵について知り尽くした者はいません。場合によっては、本物を描いた画家以上に理解しているかもしれない。なにしろ、誰とは申しませんが、本物の方は鼻唄まじりで描いた画家もいるわけで――」

「何かコツでも、あるんでしょうか」

ぼくがそう訊くと、男は少し首をひねって、「コツというか」と唇をとがらせた。

「絵を描くことの極意は、すべて手加減です。手加減による強弱ですよ」

「手加減――」

「絵に限ったことではありません。芸術作品に限らず、何かをつくるということは

――たとえば、料理なんかでも、その極意は手加減です。これぱかりは、言葉や数値に置き換えられるものではありません。強弱がそのまま作品になるわけです。そのひとの手加減がおいしい料理をつくるんです」

＊

そういえば、遠い街で買い込んできた本の中に「手」について書かれたものがあった。その本も小さな薄い本で、本の中から聞こえてくる著者の声も、どことなく小さな声として耳に届くようだった。

ときに、本は威張って大きな顔をしているときがある。

物理的に大きな本というのもある。

もちろん、そうした本の中に「小さな声」が隠されていることもあるけれど、ぼくはどちらかというと、物理的に小さな本の方を好ましく感じてきた。

というか、本というのは、大きなものを小さなものに収めてあるのが身上で、ここで云う「大きなもの」とは、物理的な大きさではなく、人間の「考え」や「知恵」や「思い」といった計り知れないもののことである。

郵便料金は「距離」と「重さ」の数値によって決められているが、本の中におさめられているものは、およそ数字に置き換えられるものではない。文字の数やページ数を数えることは可能だとしても、どちらかと云うと、なるべく少ない文字数で大きなことを伝えているものに価値があるように思う。

「価値」という言葉をうかつに使うと、そのまま損得の話につながってしまうことがある。

でも、損得の話ではない。

ぼくは本を読むことで得をしたいと思ったことは一度もない。

誰かが書いた「考え」や「知恵」や「思い」――あるいは、そうしたものを物語に置き換えたもの――を読むことで、自分の「考え」や「知恵」や「思い」が変化することはある。でも、それが自分にとって、得であったか損であったかと考えたことはない。そもそも、その損得を測定する術《すべ》がない。

たとえば、一冊の本を読んだことでお金を儲《もう》けるための知恵を授かり、見事、お金がふところに入ってきて、お金が自分に幸せをもたらしたとする。数字で表せるものを手に入れたことで、「幸せ」という数字に出来ないものを手に入れたのだから、これ以上の得はないのかもしれない。

が、数字によって幸せになった人は、その先ずっとその数字に縛られる。数字を維持し、数字を守りつづけなくてはならない。

自分の手ですくえるくらいのものがちょうどいい――。

「手」について書かれた小さな本にそう書いてあった。

人間という動物がこの先、別の動物に進化するとしたら、それは脳ではなく、手の使い方によるものかもしれない――。

画廊を出て、そんなことを考えながら歩いていたら、どこをどう歩いたのだろう、いつのまにか自分の屋根裏部屋に帰る石階段をのぼっていた。

転ばないよう足もとを確かめ、百八十段の十五段ほどをのぼったところで、ふと視線を感じて顔をあげた。二十段ほど先の段に見覚えのある男が腰かけている。こちらを見おろしていた。

「お待ちしていました」

ジュットクだった。

「いいお部屋ですね」

ジュットクはぼくの部屋を見てまわると、神妙な顔で感想を述べた。

「でも、あの階段をのぼりおりするのは大変ではないですか――」

何か話があるようだった。セールスマンとしてではなく、何かもっと別の神妙な顔になってしまうようなことに違いない。

「このごろ、私、平等ということを考えるんです」

ジュットクは神妙な顔のままそう云った。

「平等？」

「ええ。知ってますよ、私。あなたが鉛筆工場で働いていらっしゃることを。ちょっと調べさせていただきました。工場でいちばん人気があるのは、Fの鉛筆をつくっている〈F部〉で、次が〈HB部〉です。あなたが所属している〈2B部〉は最も平凡な部署で、同じBセクションでも〈5B部〉や〈6B部〉は使用頻度の低いレアキャラとして重宝されています。でも、〈2B部〉にはそうした特性もありません。スターでもなければレアキャラでもない。不平等だと思いませんか」

「そこで、いいことを思いついたんです。〈ジュットク・ペン〉ですよ。正確には十七種類ですが——ええ、そうです、いちばん軟らかい6Bから、いちばん硬い9Hまで、十七種類すべての鉛筆を、たった一本のペンシルに集約するんです。そこには優劣などありません。軟らかいのも硬いのも、すべてが平等に同じ一本の中におさまっています。電子ペンです。ですから、ひとつひとつの鉛筆の実体はないのです。仮想というやつです。仮想的にひとつひとつがその中にある。素晴らしいことじゃないですか。あの大きな工場でつくっている何もかもがその一本の中にある。それ一本だけあれば、この先一生、鉛筆を買い換える必要もありません。なぜなら、この電子ペンには磨耗というものがないからです」

実体がないゆえに、芯がすり減ることがなく、実体がないゆえに、すべてに平等な価値を与えられる――。

「たとえば、〈HB〉だけが突出した売り上げを誇って人気を博す、ということもなくなるわけです」

ジュットクは神妙な顔から狡猾《こうかつ》な顔になっていた。

「ついては、あなたにこのあたらしいプロジェクトに参加していただきたい。工場で養われた鉛筆づくりのノウハウをシェアしてほしいのです」

少しぬるくなっていたけれど、魔法瓶の中に薬缶《やかん》から移した湯が残っていた。

「お茶をどうぞ」

ぼくは自分が飲む分とジュットクの分の二杯のお茶を淹《い》れ、

「お茶を飲んで、ゆっくり考えましょう」

ジュットクに茶碗《ちゃわん》を差し出した。

「ええ」とジュットクはうわの空で答え、机の上にひらいてあったスケッチブックに目をとめると、

「〈ジュットク・ペン〉が一本あれば、どんな絵だって上手に描けます」

勢い込んでそう云った。

「絵が上手いとか下手とか、そんなことは関係なくなるんです。魔法のペンですよ。カメラなんかでもあるでしょう？　ぶれないで撮れるとか、自動的にピントが合うとか、色や形まで補正してくれたり、あの技術を採り入れるんです。そうしたら、誰もが――」

そこでジュットクはお茶に口をつけ、ひと口飲むなり、

「なんですか、これは」

と顔をしかめた。

「苦かったですか」と、ぼくはとぼける。

「苦いなんてもんじゃないですよ」

ジュットクはしきりに口を開けたり閉じたりし出した。

「あの――水をいただけないでしょうか」

ぼくは魔法瓶を振って、念のため薬缶も振ってみたが、どちらも空だった。

「すみません、お茶を淹れてしまったので――」

「どういうことです？　この部屋には水道が来ていないんですか」

「ええ。水は階段をおりた炊事場まで汲《く》みに行かないと――」

「あなた、どうして、こんな不便なところに住んでいるんですか」

「そうですねぇ」とぼくは考える。

「いまどき、こんなところないですよ。ご存知ないんですか。最新のアパートメントでは、水やお湯だけではなく、炭酸水やコーヒーなんかも常時飲めるようになっています」

「ええ」とぼくは答えながら茶碗に口をつけてひと口飲んだ。「ああ」と小さくつぶやく。たしかにいつもより苦い。茶の葉の量を間違えてしまったようだ。

なるほど、おいしい料理は手加減によって左右されるというのは本当らしい。


「ぼくはたぶん、最新とかリューコーといったものが苦手なんです」

そう云うと、

「いやいや」とジュットクは首を振った。「最新じゃなくてもいいんです。せめて、蛇口をひねれば水が出るところに住んだらいかがですか、という話で――」

「でもね」とぼくはつづけた。「スピードの速い乗りものに乗ると、窓の外の景色を楽しむ時間がないんです。飛行機とか特急列車とか。まぁ、鈍行列車ならいいんですけど、もし、歩いて行けるなら、ぼくは歩いて行きます」

「いや――」とジュットクはなおも話をつづけようとしたが、話すほどに口が渇いて、苦みが増してきたらしい。

「どうやら、あなたのような人を選んだ私が間違いでした」

ようやく、そう云って立ち上がり、

「失礼します」

ジュットク・ナイフの見本を詰め込んだ黒い鞄《かばん》を抱えて部屋を出ていった。靴底のすり減った埃《ほこり》まみれの靴を履き、転げ落ちてしまわないよう、用心深い足どりで階段を下りていくジュットクの足音が、ドタリ、バタリと遠ざかっていった。

*

何の予告も前ぶれもなく、ある朝、鳥の鳴き声で目覚める。

一年に一度、かならず、その日がくる。

渡り鳥が屋根裏部屋の屋上で羽根を休めているのだ。

ぼくは屋上にのぼる方法を知らないので、その様子を見たことはない。

ただ、一年に一度、同じ季節の同じような日に、決まって彼らは屋上にやってくる。その声が、眠っているぼくの部屋まで聞こえてくる――。


あるいは、大家さんに詳しく訊けば、屋上にのぼる方法がわかるかもしれない。

でも、彼らの声さえ聞ければそれでいい。それに、屋上にいるところを見られなくても、北へ向けて飛び立っていくその姿を見送ることは出来る——。

ぼくは本棚から「渡り鳥」について書かれた小さな本を取り出してきて読んだ。毎年、この季節になると、その本を読んでいる。そして、毎年決まって、頭の中に大きな疑問符が浮かぶのだ。

渡り鳥の生態については、まだ解明されていないことが多い。飛行ルートをどのように決めているのか、何を目印として飛んでいるのか——。

屋上で羽根を休める彼らは、おそらく「冬鳥」と呼ばれているもので、寒い土地から南下して、毎年、われわれの街まで飛んでくる。そして、冬が終わると、皆いっせいに北の地に帰っていく。

「毎年」と云っても、おそらく、同じ鳥が毎年やってくるわけではない。同じ種類の同じような鳥が、同じような数だけ飛んできて冬を過ごす。そして、冬が終わればまた帰っていく。

彼らの声を聞くと、われわれの冬も終わりである。

彼らの声を聞いたその日から春の準備を始める。春になったら、何かあたらしいことを始めたい。なんでもいい。ささやかなこと。誰にも気づかれないような、ちょっとしたことでいい。

鳥がひととき羽根を休め、ふたたび大空に飛んでいく姿を見ていると、自分も何か始めなくては、とそう思う。

そうだ、鳥たちが帰る北の地に旅してみよう——。

そこには、姉の住む街がある。

鈍行列車で行ったら、どれくらい時間がかかるだろう。国境を越えなくてはならない。パスポートをつくる必要がある。そのためには証明写真を用意しなくては。

写真を撮るなら、バリカンに髪を整えてもらおう。

部屋の隅に置かれたままの父が遺《のこ》した旅行鞄を眺める——。

父はその鞄を提げて、どんなところを旅したのだろう。

この春は忙しくなりそうだ。

あとがき

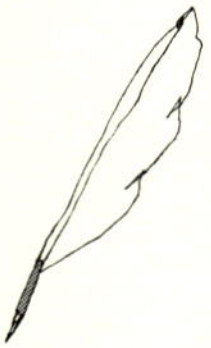

この何年かで自分の身に起きた最も驚くべきことは、絵を描けるようになったことです。正しく云《い》うと、素直に絵を「描きたい」と思うようになり、そうして描いた絵を人様にお見せすることを、恥ずかしいと思わなくなりました。

つい、このあいだまでは、ただただ恥ずかしかったのです。

これはつまり、絵を描く技術が向上したとかそういうことではなく、単に歳《とし》をとって、図々しくなったのでした。すみません。

いいえ、それだけではなく、歳を重ねて、ようやくコツをつかんだのです。

じつに簡単なことでした。

上手《うま》く描いてやろうと思わないこと——。

これだけです。

ただ、そうして図々しく描いていくうち、ひとつ気づいたことがありました。

どうも、絵というものは、人間の手が成し得る微妙な動きが、他のどんなものよりも反映されるらしいということです。

たとえば、ギターやピアノを弾くときも、当然、手や指の動きが重要になってきます。しかし、手を動かした軌跡が、そのままかたちになって定着されるという意味では、絵が一番かもしれません。

ただし、あらかじめインクが仕込まれたドローイング・ペンなどを使って描いているうちは気づきませんでした。

「!」と感嘆符を打ちたくなったのは、鉛筆を使い出したときです。

鉛筆は他のあらゆるペンを凌駕《りょうが》して、微妙な手加減による強弱がこと細かく反映される筆記具です。ドローイング・ペンでも、ある程度は可能なのですが、鉛筆とは比べものになりません。

しかし、この感触を言葉にするのが、とても難しい――。

結局、「強弱」という言葉に頼るしかないのですが、たしかに鉛筆も偉大だけれど、本当に素晴らしいのは人間の手による強弱の可能性なのです。数値に置き換えることができない微細なものと微細なもののあいだにあるニュアンスのようなもの、あるかなきかのノイズのようなもの――そうしたものを人間の手の強弱が可視化してくれるのでした。どうも、そういうことらしいです。

と、こう書くとまるで他人事《ひとごと》のようですが、ここまで書いておいて何ですけれど、じつのところ、まだ他人事なのです。

絵を描く喜びと強弱の重要さは身をもって気づいているのですが、それを自分の技術として、自分の表現に採り入れることは出来ていません。まだまだです。ですから、この本にも自分の描いた絵が何点か収められていますが、あえて鉛筆は使いませんでした。鉛筆については、まだまだ門前の小僧なのです。

でも、小僧なりの驚きや考えを残しておきたくて書いたのがこの本でした。

したがって、鉛筆の偉大さについては、これから究めていくところで、いずれ、さらに歳を重ねたら、さらに図々しくなって、鉛筆で描いた絵をお見せできるときがくるかもしれません。

＊

この本は〈ちくまプリマー新書〉の三百冊目の本です。三百冊というのは、なかなか大変な数で、本当に本当なのかと思いますが、どうやら本当のようです。

じつを云うと、二百冊目もぼくが書いた本（『つむじ風食堂と僕』二〇一二年刊）で、その「あとがき」に次のように書きました。

このささやかな本は、ちくまプリマー新書のちょうど二百冊目にあたります。このとおり僕は小説を書くのが仕事になりましたが、それとは別に相方の吉田浩美とコンビを組んでデザインの仕事もしています。このプリマー新書の装幀《そうてい》デザインも、創刊からふたりで担当してきました。二百冊すべてでです。

何年か前に百冊になったとき、「よくがんばったなぁ、自分」とつぶやいて遠い目になりました。しかし、それからさらに百冊もつくったのですから、もしかして、偉いひとから勲章を貰《もら》えるのではないかと思い、いそいそと筑摩書房の編集部へうかがったところ、編集部の顔ぶれは創刊当時とすっかり変わっていたのでした。ふと気づくと、八年の歳月が流れていて、僕と相方が編集部の誰よりも長くプリマー新書に携わってきたことを知りました。

ここに書いてある「二百冊」を「三百冊」に差し替え、「八年」を「十三年」とすれば、今回の「あとがき」に書くべきことはそれでおしまいです。ありがとうございました。ごきげんよう。また四百冊目で会いましょう——とこれで終わりにしたいところですが、もう少しお話ししたいことがあります。

鉛筆については先に書いたとおり、これから修練と勉強を積んでいくとして、本書の表題を成しているもうひとつのアイテムである「雲」についてです。

もうずいぶんと昔の話になりますが、吉田篤弘の名で小説を書き始める前に、クラフト・エヴィング商會の物語作者として、『クラウド・コレクター』という本を書きました。この本には「雲をつかむような話」という副題がついています。

吉田篤弘としては、『百鼠《ひゃくねずみ》』という小説を書き、これは本書にも書いたとおり、雲が綾《あや》なすグレー・トーンの豊かさと大いに関係しています。

「雲」は自分が常に気になっている「物語」「記憶」「循環」「継承」「空想」「言葉」「あいだ」といったキーワードをすべて内包したライフワークにふさわしいテーマのひとつです。これが、このところの関心事であった「鉛筆と強弱」に結びついたとき、「!」となって、この本を書きたくなりました。

ぼくは、世間が騒ぎ立てる「流星群」や「日食」や「月食」といったものに、ほとんど興味がありません。意外に思われるかもしれませんが、宇宙や天体のあれこれにも、さして心が動かされません。

それはひとえに「雲」というものが常に驚異をもたらしてくれるからです。

ぼくにとっては、毎日が雲による天体ショウの連続で、しかもそれは「皆既日食」などと違って、二度と同じものは見られないのです。単純に美しくも奇怪であり、空以上に大きなスクリーンはないのですから、地球上で最もダイナミックな、この即興的ドラマを鑑賞しない手はありません。

＊

雲はわれわれの生活圏における塵芥《じんかい》が結晶したものです。ぼくはそう捉えています。われわれが発した言葉や、頭から抜け落ちた記憶、歌、物語、考え、思い、喜怒哀楽、すべてが蒸発して空にのぼり、だからあのように奇妙かつ麗しいかたちになって流動しているのだと、そう考えています。

だから、雲は哀《かな》しいです。われわれから抜け出た魂のようなものですから。

いや、そうではなく、雲はじつに頼もしいものです。われわれが失《な》くしてしまったと思い込んでいたものを、全部吸い上げて、「ほら、ここにある」と見せてくれるのですから。

*

さて、「あとがき」に書きたかったことは、これにて終わりです。

終わりですが、おまけがあります。

この本の文字量は、おおむね原稿用紙で百枚くらいなのですが、どうして百枚なのか、どうしてプリマー新書は他の新書と違って一冊一冊表紙が違うのか――といったことを二百冊目の「あとがき」に書きました。初めてお読みになる方もいらっしゃるでしょうから、ここにまた再録しておきます。

そもそも、プリマー新書は創刊当時の編集長であった松田哲夫さんが起《た》ち上げたものです。そのときのことをよく覚えています。夜の食堂の片隅で、

「子供たちに、ひとつだけ伝えるとしたら、あなたは何を伝えますか」

と松田さんは言いました。

「それを、原稿用紙百枚で書いてください」

それがプリマー新書の基本で、「これから何人かの著者に会って、そのメッセージと一緒に原稿の依頼をします」と松田さんは楽しげにおっしゃいました。

「いいですね、それ」

向かいの席に座っていた僕と相方は目を輝かせました。まぁ、自分で自分の目を見ることは出来ませんけれど、たぶん、輝いていただろうと思います。

「そういうことなら、ひとつひとつ違う表紙にしましょう」

目を輝かせたままそう言いました。

新書というものは、なぜか表紙（正確にはカバーですが）のデザインが一律に決められているのが主で、特に最近の新書は、一冊一冊に独自の絵柄が施されたものはまずありません。しかし、松田さんのお話をうかがって、僕と相方の頭に浮かんだのは、子供たちにリボンをかけた小箱をひとつひとつプレゼントするイメージでした。そして、その小箱の色と形、リボンの模様や長さは、どれも違っている。そうでなければならないと思いました。そのときはまさか、自分が毎月毎月、二百冊もデザインしてゆくとは考えていなかったので、なかば他人事のように、

「そうするべきです」

と生意気に断言したのでした。


繰り返しになりますが、いまお読みいただいた文章の最後の方に出てきた「二百冊も」を「三百冊も」に差し替えていただければ、申し上げたいことに変わりはありません。しいて付け加えるとすれば、「自分が毎月毎月、」と書いたところを、「自分が十三年間にわたって毎月毎月、」と、いまならそう書くことでしょう。思えば、これほど長くつづけてきたものは他になく、できる限り記録を更新しつづけたいと、襟を正しているところです。

最後になりましたが、厚く御礼申し上げます。

二百冊目につづき、三百冊目を書く機会を与えてくださった、ちくまプリマー新書の編集部の皆様、ありがとうございました。次は四百冊目ということになるのでしょうか。こうなったら、五百冊目も書いてみたいです。プリマー新書が末長くつづくことを願ってやみません。

そして、読者の皆様、最後までお読みいただき、ありがとうございました。

二〇一八年　初夏

吉田篤弘

ちくまプリマー新書 300

雲《くも》と鉛筆《えんぴつ》

二〇一八年六月十日　初版第一刷発行

著者　吉田篤弘（よしだ・あつひろ）
装幀　クラフト・エヴィング商會
発行者　山野浩一
発行所　株式会社筑摩書房
東京都台東区蔵前二－五－三　〒一一一－八七五五
振替〇〇一六〇－八－四一二三
印刷・製本　株式会社精興社

ISBN978-4-480-68325-0 C0293　Printed in Japan

乱丁・落丁本の場合は、左記宛にご送付ください。
送料小社負担でお取り替えいたします。
ご注文・お問い合わせも左記へお願いします。
〒三三一－八五〇七　さいたま市北区櫛引町二－六〇四
筑摩書房サービスセンター　電話〇四八－六五一－〇〇五三